N&K

kurt marti

kleine zeitrevue

erzählgedichte

Nagel & Kimche

«toutes les syncopes sont bleues»
(malcolm de chazal)

I

zufall glücksfall

für lore walb

was er 1933 in der zeitung zu lesen
im radio zu hören bekam
vom deutschen taumel und aufmarsch
erregte auch den knaben in bern

was wäre aus ihm geworden
in alzey zum beispiel oder in erfurt?

der zufall seiner geburt und jugend
in einem misstrauischen kleinstaat
bewahrte den zwölfjährigen aber
vor der grossen verblendung

und bald schon öffneten ihm
langhoffs «moorsoldaten» die augen*)

*) wolfgang langhoff, die moorsoldaten, zürich, 1935

de bello hispanico

im kopf
ein kobold die blonde sonja
neben «de bello gallico»
in der zeitung
die täglich elende prosa
vom spanischen bürgerkrieg

rundum viel verständnis
für den obersten franco
und seine afrikanischen truppen:
bekämpften sie nicht «die rote pest»
und rächten erschossene priester?

krieg! krieg! weit weg aber noch
lesestoff wie julius caesar
spannender nur
da die lageberichte
sich laufend widersprachen

und sonja? ihr schenkte ich
hamsuns «victoria» – ungelesen
übergab sie das buch
ihrer mutter
so endete eine liebe

heimat

heimat war schnee
heimat war irrlauf im frühling und luftgenuss
heimat war weizen der brusthoch stand
heimat war angst vor dem krieg

1940

das war
  als aus villenquartieren manche
    mit prallen koffern hinauf
      in bergtäler flohen

das war
  als mein augenarzt nur noch
    schwarz sah und erst seine frau
      dann sich selbst erschoss

das war
  als wir direkt aus der schule auf eine
    emmental-egg dislozierten um dort den himmel
      abzuspähen nach messerschmitts oder moranes

das war
  als triumphierende panzer das alte europa
    zermalmten – wir jünglinge aber
      einen lustigen landaufenthalt hatten

das war
  als aus frankreich die polen kamen und bleiben durften
    weil landwirte arbeiter brauchten (die man notfalls
      auch hätte bewaffnen können)

das war
als im radio landesväter zu patriotismus
und anpassung mahnten was ebenso
kleinlaut stimmte wie ingrimm weckte

das blümlein erika
winter 1941/42

auch das
ach ja:
          bewunderer deutschen soldatenschlauchs
          überdrehte typen aus zürich und aarau
wie
          jener höhnische instruktor
          der seine zöglinge erst über die
          winterschlammige kampfbahn
          und dann auf kasernenhofbäume jagte
          in deren geäst wir ein teutonenlied
          – aber zackig! aber zackig! – in den
          nassen nebel hinausbrüllen mussten:
          «auf der heide blüht ein blümelein
          und das heisst – zwei drei – erika!»
oder
          ein hauptmann eisenbart
          der beim kompaniedrill
          gewehrgriff nach gewehrgriff
          exekutieren liess bis dass er
          endlich blut zu sehen bekam
          an fingern und karabinern
oder
          der schinder und schöngeist
          (von binding carossa und den wonnen
          des absoluten gehorsams schwärmend)
          der beim patrouillenwettlauf
          über nächtlich vereiste strassen
          uns hinterrücks antrieb mit pistolenschüssen
          links und rechts um die ohren

denn so
ach so

sollten zivilisten in uniform
zu kriegern gehärtet werden
ebenbürtig jenen des führers

jazz hölderlin

glücklich wessen radio auch weit
entfernte sender zu empfangen vermochte
        mit hot-jazz hie und da
        mit südstaaten-blues
synkopen des lebens
polyrhythmische freiheit
        und neu so das alte
        IN TYRANNOS!
«kulturschande» aber «niggergelärme»
ereiferten blut-und-bödeler sich
        egal! egal!
        inzwischen hatte ich
hölderlin im gehör: gedichte
wie jazz! hyperion-blues!

verdunkelung

spärliche blaulichtlaternen –
und dennoch ging man sorglos und sicher
im finstern: keine gewalttat
und keine angst auf den strassen

jenseits der grenzen wahlloses morden
und wahllos mordende mordvergeltung
umsonst hielt natur dagegen:
nie waren schönere sommer

und nie soviel lustleise laute
im stillen städtischen dunkel
das selbst die kecksten liebkosungen
schützte vor fremden blicken

neutrales feuerwerk

wenn aufblitzend nachts
die nahe flab-batterie
zu feuern begann
erzitterte das haus

erfolg sonst aber gleich null

denn entweder flogen
die alliierten Bomber zu hoch
oder die kanoniere taten
(so verrieten sie) ihr bestes

um nur ja nicht zu treffen

im réduit

stapfend
durch sulz-
schnee

hörig
dem
atem

empor zum
panoramischen
joch

gleiss-
hänge
blendeten:

frei aber
himmel
und firne

keine
fallschirme
schwebten

die barbaren
sie kamen
nicht

so lernten wir
die friedliche
bergwelt kennen

pscht!

ein onkel
arzt von beruf
hat das zipperlein von
allan w. dulles behandelt

oder wars vielleicht
nicht ein zipperlein?

allan w. dulles aber
wars: chef der
amerikanischen nachrichtendienste
in hitlers europa

ein gramslig spionennest
scheint bern gewesen zu sein

ich freilich sah überall
nur die plakate:
WER NICHT SCHWEIGEN KANN
SCHADET DER HEIMAT

im landesinnern

im innern
des landes
lebend

sah ich
internierte soldaten
(polen – einige briten)

flüchtlinge
sah ich
nicht

ein boot
das voll war
sah ich nicht

beflügelung

uns selber oft wenig geheuer
        ob der gleichzeitigkeit von
        morden ringsum und lebensgenuss
blieben wir hin- und hergezerrt
        zwischen cafard und trotz
        zwischen beklemmung und carpe diem
ehe uns nach dem ende der greuel
        merkur davontrug: der flüglige gott
        der konjunktur und der diebe

danach

in der zeit
von auschwitz
hörte ich nichts
von auschwitz

ahnungslos?
nein:
ahnungen
waren

aber das
aber so
– fraglich alles
seither

mit der bahn durch deutschland
dezember 1945

durch das bestrafte land
durch zertrümmerte städte

warten spät nachts in spärlich
erleuchteten bahnhofsruinen

mit westentwurzelten ostvertriebenen
und soldaten in schmuddligen uniformen

als sei – von der nemesis eingeholt –
ein volk ahasverisch jetzt unterwegs

blitzsauber und ratlos dazwischen
amerikanische militärpolizisten

flackernd im durchzug auch
eine weihnachtskerze: friede auf erden

und jedesmal dann der ellbogensturm
auf den einrollenden zug

dunkel und dumpf dazu
die beklemmung es seien

wir menschen am ende nur heillos
durcheinander wimmelnde nichtse

silvester 1945
münster/westfalen

kein mensch
aber ratten

wo stadt einst
trümmergebirge

strassen wie täler
im sternlicht

kaltluft
und atemfahne

so kam
neujahr

victory-man

in einem landauer fuhr
winston churchill durchs jubelnde bern
zeige- und mittelfinger gespreizt
zum victory-gruss

wie fühlten wir alle uns da
geehrt und willkommen geheissen
im kreis der moralischen
und militärischen sieger

selbst jene die gestern noch
gut im geschäft gewesen mit hitler
drängten mit rasch gewechseltem hemd
sich in die nähe des victory-man

II

mohnblume

eine rote
mohnblume im haar
überm kornfeld
brütete sommer –

das war
als man draussen
im feld noch
verstecke fand

das war
als der mohn
noch leuchten durfte
im korn

paris 1947

duke ellington kam and his orchestra
lionel hamptons finger hämmerten kraftvoll
auf flügeltasten
sydney bechet zettelte jam-sessions an
mit hiesigen musikern –
paris im fieber des jazz!

trompetend blies dizzy gillespie
beide backen auf zu ballönchen
applaudiert vom bassösen gelächter
louis armstrongs der mitten im publikum sass

GI-befreier tanzten im MIMI PINSON
mit midinettes in swingenden jupes
das franglais wurde geboren – die metropole
schüttelte opake jahre aus ihrem gefieder

boogie-woogie! be-bop! joie de vivre!
bei stromausfall auch im kerzengeflacker und trotz
der stinkenden abfallberge entlang der strassen
wenn die müllabfuhr wochenlang streikte

aus den vorstädten marschierten arbeiter auf und
ballten zornig die fäuste und pfiffen gellend
die sicherheitstruppen aus die in finsteren
kastenwagen langsam herangekarrt wurden

nachts im TABOU-keller aber blies sich
  boris vian die seele aus seinem mageren leib
    unterm ironischen blick einer frauen-ikone
      mit rotblond gezwirbeltem schnurrbart

und selbst im viertel der nordafrikaner
  wo es nach armut roch und nach knoblauch
    wo erregend monotone musik aus hausfluren kam
      leuchtete hoffnung in dunklen gesichtern

leimiswil 1949

wo gottesfurcht und die bauernpartei
über den gang der dinge wachten

wo sonnseits habliche höfe hockten
die ärmeren sich schattenhalb duckten

wo selten ein auto gefahren kam
(der arzt noch häufiger der tierarzt)

wo die mädchen wochentags mit schäuben*)
die buben in schuhen mit holzböden gingen

wo die menschen im feld noch körperlich werkten
und gäule sich in die sielen legten

wo futtergras und getreide
mit sensenschwüngen gemäht worden sind

wo kaum ein besucher einen kuhstall betrat
ohne ihm segen anzuwünschen

wo leichtfahrzeuge mit hundegespann frühabends
die handgemolkene milch zur käserei brachten

wo inmitten der anmutigen hügel
schwermut wohnte unter manch einem dach

wo dem hartgeräderten leichengefährt immer
und langsam die ganze dorfschaft folgte

*) schäube(n) = schürze(n)

dorf im aufschwung
niederlenz 1950–1960

stolz ach blickte lenzburg das städtchen
(mit thronendem schloss mit eigener zeitung
und gelehrten neujahrsblättern auch)
auf das ruhmlose dorf am unterlauf
des aabachs herab

denn dort paradierten keine kadetten
dort war kein wedekind aufgewachsen
dort komponierte kein peter mieg
und verkehrte auch günter grass nicht –
dort lebten kleine büezer und bürger

samt vielen zuzügern aus anderen kantonen:
eine mundartenreiche dorf-schweiz
vom wirtschaftsaufschwung beflügelt
mit ab und zu sozialen gewittern und
immer mehr italienern in den fabriken

unter bescheidenen dächern: eine welt
bunt schillernd in lust und entzweiung
zwischen lachen und weinen leben und sterben
und alle wohl glaubten von allen fast alles
zu wissen – viel aber blieb geheimnis

hebammenlob und fall-out

setzten die wehen ein
war ohne verzug (bei tag
oder mitten auch in der nacht)
die dorfhebamme zur stelle
mit ihrem suit-case und übernahm
diskret das kommando im haus

im schlaf- und bald nun gebärzimmer
machte sie – selber eine familienmutter –
alles bereit um helfend zugreifen zu können
sobald die presswehen kamen und schliesslich
das kleine behaarte köpflein sich zeigte
der nasse blutige rutsch ins leben begann

zufrieden und strahlend dann hob sie
den abgenabelten winzling empor
ermunterte ihn – wenn nötig – mit klapsen
zum atemholen zum schreien zum leben
und legte ihn nach behutsamer waschung
in die arme der erschöpften der staunenden mutter

hebammenlob! doch immer mehr frauen
in niederlenz wie anderswo auch
zogen einer hausgeburt mit der
nahen hebamme die entbindung
im fernen kantonsspital vor:
sicher ist sicher – wer wusste denn schon?

noch kannte niemand die – auch genetischen –
folgen des weltweit radioaktiven fall-outs
(kennt man sie heute?): die jahre warens
da im westen im osten und im pazifik
atombombentests zur kriminellen routine
des kalten krieges gehörten

fünfziger syndrom

und kaum
war das kleine land
dem grossen krieg
ohne zerstörung entkommen
begannen seine bürger
beflügelt vom fleiss
der ihnen schon immer
nachgesagt wurde
friedlich und freudig
mit der zerstörung
des landes

automobilmachung

ein nussbaum
stand
am weg

stand eines tags
dem weg
im weg

und plötzlich war
der nussbaum
weg

enteignung

erobert sind und besetzt
vom rollenden
vom stehenden autoverkehr
die wege die strassen
wo knaben einst fussball oder
– zusammen mit mädchen –
völkerball jägerball
oder schlagball spielten

ein «jahrhundert des kindes»*)
hätts werden sollen
ein jahrhundert enteigneter kindheit
ist es geworden

*) ellen key: das jahrhundert des kindes, 1900

wechselbild USA

hatten wir nach dem krieg
die befreier westeuropas nicht freudig
als urlauber bei uns
willkommen geheissen?

wie locker wie fast schon zivil
traten diese soldaten hier auf
zum erstaunen zum missfallen
einheimischer militaristen

und das sternenbanner – wars
in verängstigter zeit uns nicht
zu einem hoffnungszeichen geworden
für freiheit für mögliches glück?

im fernen vietnam dann aber
zeigte die neue weltmacht
ein zweites ein hässliches gesicht
voller heimtücke und mordlust

weshalb eines morgens selbst auf dem
turmspitz des ehrbaren berner münsters
– befremdlich zwar doch heilig empört –
eine vietkong-fahne wehte

in woodstock/USA aber zerfetzte
jimi hendrix auf seiner elektro-gitarre
klagend und schrill die eigene
die amerikanische hymne

prag
frühling 1968

zwischenhoch in prag:
in kneipen zirkeln redaktionen
spielten intellektuelle einander
euphorische stichworte und ideen zu –
polterabendstimmung beinah
als würde morgen bereits
die hochzeit gefeiert
von sozialismus und demokratie

doch eines nachts kam freund w.
vom treffen mit einem momentan
entmachteten parteikadermann
zurück ins hotel und wusste:
«die arbeiter in den fabriken fürchten
für ihre spitzenlöhne und privilegien
sie machen mit hilfe der russen
gegen die dubček-regierung mobil»

noch aber hielt sich das hoch
und auf dem wenzelsplatz diskutierten
bürger in kleinen gruppen unter dem
goldenen licht der spätnachmittagssonne
dazwischen kreischten strassenbahnzüge
schrill durch geleisekurven und auch
der schwarzhandel blühte schön bunt

68-er florilegium

und auf einmal redeten fast alle
einander mit du an

und auf einmal trug manch ein männlein
bartkoteletten und rollkragenpulli

und auf einmal träumten auch wenig romantische
rechner
den romantischen traum von unaufhörlichem wachstum
und wohlstand

und auf einmal waren vokabeln wie «volk» oder
«heimat» passé
das stichwort hiess nunmehr «gesellschaft»

und auf einmal avancierte die soziologie
– mit oder ohne marx – zur neuen leitwissenschaft

und auf eimal füllte das musical «hair» die säle die ohren
und hollywood sandte jesus als superstar in die welt

und auf einmal war es vorbei mit ducken dulden
und dämlich sein
statt dessen: freiheit lust und «paradise now!»

und auf einmal – im intervall zwischen pille und aids –
elektrisierte der fröhliche aufruf zu sexueller befreiung

und auf einmal waren cannabis und LSD da
und auch dessen apostel timothy leary im alpenexil

und auf einmal rockten jugendliche
mit elektro-gitarren hinter den rolling-stones her

und auf einmal wehte lüpfiger wind
und begann auch bern die fasnacht zu feiern

und auf einmal teilten die eidgenossen
ihr stimm- und wahlrecht mit den frauen

und auf einmal erkämpften sich separatisten
den «jura libre»: einen nigelnagelneuen kanton

und auf einmal schwoll die zahl
der militärdienstverweigerer an

und auf einmal hatten lesben und schwule genug
von verheimlichung und gingen in die öffentlichkeit

und auf einmal wurden offene ehen gewagt
und war von «beziehungskisten» die rede

und auf einmal fanden auch
unverheiratete paare eine wohnung

mitternachtsgottesdienst
nydeggkirche bern 24./25.12.1972

und auf einmal fuhr
        jesaias friedensvision (kapitel 11)
        in die glieder und körper
        wurde bewegung und tanz
        zu den klängen und rhythmen
        von emerson lake und palmer
und auf einmal brachen
        immer mehr frauen und männer
        aus regloser nachdenklichkeit
        und starren kirchenbankreihen aus
um mitzutanzen in dieser heiligen nacht
        und gegen eine heillose welt
        wo soeben hanoi und haiphong
        bombardiert worden waren
        wie noch niemals zuvor
um mitzutanzen erst recht
        HIC CHRISTUS HIC SALTA
        für den frieden auf erden
        zwischen dem wolf und dem lamm
        zwischen dem kind und der schlange

eine andere schweiz
friedensdemonstration am 5.12.1981 in bern

berns gassen fassten sie kaum:
von überall hergekommen
bewegten sich annähernd
40'000 frauen männer kinder
(erstlingsdemonstranten die meisten)
in sternmarschzügen geduldig
geduldig dem bundesplatz zu
(wo die letzten ankamen
als die kundgebung endete)

zivile polit-polizisten
hatten alle augen voll zu tun:
für ihre auftraggeber
paranoiker des kalten krieges
war das wort «friede» noch immer
ein aufruf zum landesverrat –
hier aber war
eine andere schweiz

das menschenmeer überragend
überblickend stand am rande
der kundgebung niklaus meienberg
«unglaublich» staunte auch er
«unglaublich!»

denunzianten im ruhestand

bespitzelten begegnungen belauschten gespräche
erfanden hinzu was ihnen die paranoia eingab
– verschwörungen ostkontakte landesverrat –
notierten pedantisch und verwechselten dennoch
die namen der einen mit den namen ganz anderer:
spürhunde auf linken fährten
zutreiber vor rechte flinten –
was ist aus ihnen geworden?

rentner auch sie jetzt
bereisen die welt
bringen videos heim
pflegen ihre fitness
spazieren mit enkeln
und grüssen als wäre
da nie was gewesen
ihre einstigen opfer

die haustüren

«wo gerechtigkeit waltet
braucht man die haustür
nicht abzuschliessen»
(alt-chinesisch)

als ich in bern begann 1961
öffnete ein klinkendruck
jede mietshaustür

zwanzig jahre hernach
waren die haustüren
alle verriegelt

im zeichen des plutoniums

wir glaubten
es sei nötig gewesen
mit dem bau der atombombe
hitler zuvorzukommen

wir glaubten
erst der a-bombenabwurf
habe japan
friedenswillig gemacht

wir glaubten
nur die atomwaffen
hätten den dritten
weltkrieg verhindert

wir glaubten
atomkraftwerke seien
sicher und sauber
und leicht zu entsorgen

wir glaubten
unwissend und willig
diese und andere lügen
der atomindustrie

und übersahen
dass deren plutonium
seinen namen von pluton hat
dem herrscher der toten

christen in der DDR

DDR? gut aber funktionierte
– zumal unter christen –
das «buschtelefon»

es ersetzte
nicht selten den apparat
in der wohnung

auch scheint
dieser nachrichtendienst
relativ spitzelsicher gewesen zu sein

einer von-mund-zu-mund-einladung
folgten zum beispiel in dresden
mehr als zweihundert leute

nirgendwo sonst erlebte ich
ein so gespannt
mitgehendes publikum

oder in rostock: zu fuss
und im nu rief frau h. dort
einen gesprächskreis zusammen

DDR? schwamm drüber – und doch
gab es im falschen sozialismus
ein wahres christliches leben

flugplatz belpmoos

händler wechsler
verspracben
das blaue
vom himmel

ed ecco:
lärm
zersäbelt
die lüfte

verstört flüchten
schwalben
vom himmel
fällt kerosin

LO STERMINIO È OVUNQUE*)

*) «die ausrottung ist überall» (andrea zanzotto)

wo?

winzigkristalle
auf falterflügeln verhalfen
dem licht zu miniaturischen
farben- und formschöpfungen

traurig jetzt aber
und klagend irrt es
durch die sommergärten
die wiesen:

wo nur
ach wo denn sind sie geblieben
alle die zarten
die zaubernden flügel?

wundwiesenhänge

sanft schaukeln
paketweise ans
tragseil gehängte
empor und
hinweg über
tannen tobel
murmeltierfluh
empor und
hinweg über
bergwiesenhänge
und klaffende
wintersportwunden

in den alpen

in den alpen geh' ich fremd
in den alpen wächst hallers rapunzel
in den alpen fing nabokov wunderseltene falter
in den alpen schaukeln paketweis gehängte an
tragdrahtseilen empor
in den alpen erschrecken gleitflieger die gemsen
in den alpen brodeln wolkenkochkessel
in den alpen läuten die soldanellen
in den alpen thronen gipfelstöcke wie buddhas
in den alpen erbauten notwendigkeit und zufall hohe
felszitadellen
in den alpen erzählen geröllhalden und
einzelsturzblöcke von abbruch und umbruch
in den alpen verliert sich der blick an vielform und
faltung
in den alpen hört der mensch auf das mass der dinge
zu sein
in den alpen waltet mineralische stille
in den alpen ging zarathustra an nietzsche vorbei

SELA

in den alpen spenden die gletscher schäumende
scheinmilch
in den alpen trug christophorus das kind durch
reissende wasser
in den alpen heissen kuhbadeweiher oft blausee
in den alpen wandern turnschuhtouristen plötzlich
in wolken
in den alpen finden gipfeltreffen frühvormittags statt

in den alpen ist «abstieg» kein bedrückendes wort
in den alpen lernen wir auf die eigenen füsse achten
in den alpen lässt freitod sich gut als unfall tarnen
in den alpen werden nur selten jodel- und
jodeltotenmessen gefeiert
in den alpen ruht rilke für immer

SELA

in den alpen bergen die berge vor dem unendlichen
in den alpen kommen älplerinnen und älpler häufig
aus städten
in den alpen leben nicht bessere menschen
in den alpen surren helikopter geschäftig
in den alpen werden die alpen als eigenprodukt
vermarktet
in den alpen mutierte der zauberberg zum
manager-forum
in den alpen erstellten zuhälter des schnees
beschneiungsanlagen
in den alpen rollt das mobile europa durch täler
und tunnels
in den alpen zieht der permafrost sich langsam zurück
in den alpen werden berghänge beweglich

SELA

in den alpen verstummte ein bet-ruf nach dem andern
in den alpen träumen fremde hier heimisch zu sein
in den alpen erscheinen ungeheure gegenstände
im mondlicht
in den alpen singt mater materia nachts spät den
kosmischen blues
in den alpen

wie schon oft

«he alter
was grummelst du noch
von vergangenen zeiten?
vorbei! vorbei!
jetzt wendet sich alles
jetzt bricht eine neue zeit an»

der aber denkt:
wie so oft
wie schon oft
in den alten zeiten

arbeit für archäologen

vor der pille
wars ganz anders

vor aids
wars ganz anders

anders – was?
die liebe das leben

eine versunkene
welt

arbeit für
archäologen

III

laudate dominum

in den sechziger jahren
traten linke
aus der kirche aus
weil sie ihnen zu rechts war

in den siebziger jahren
traten rechte
aus der kirche aus
weil sie ihnen zu links war

in den achtziger jahren
traten jenseitssucher
aus der kirche aus
weil sie ihnen zu diesseitig war

in den neunziger jahren
stimmten die kirchen
mit neuen kirchengesangbüchern*)
das alte gotteslob an

*) neue katholische und evangelische gesangbücher in deutschland, in der deutschen schweiz und in luxemburg

was wird kommen?
abendgedanken

kommen werden schlummer und träume
  mit seltsam mutierten vergangenheiten
kommen wird der morgen
  die verwunderung noch immer vorhanden zu sein
kommen wird die zeitung
  wirbel und wahn vom lay-out geordnet
kommen werden umbrüche und krisen
  und auguren mit falschen prognosen
kommen werden bessere zeiten
  doch besser für wen? und für wen eher nicht?
kommen wird der postbote
  vielleicht mit einer unerwarteten nachricht
kommen wird der kehrrichtwagen
  müllsack um müllsack fliegt hinein
kommen werden tage wochen und jahre
  die brav sich selber entsorgen
kommen werden historiker
  die den zeitmüll akribisch sortieren
kommen werden hoffentlich klügere menschen
  die unsere dummheiten nicht wiederholen
kommen wird die klimaerwärmung
  viele symptome künden sie an
kommen werden winde
  die niemand aufhalten kann
kommen werden wolken
  schwer beladen mit meer
kommen wird regen
  das eintönig schöne rauschen
kommen wird eine stille
  in der alle fragen verstummt sind

INHALT

I

II

Die Werkauswahl Kurt Marti im Verlag Nagel & Kimche

Neapel sehen
Erzählungen
Kurt Marti ist ein Meister der knappen, unverblümten Rede. In *Dorfgeschichten, Bürgerliche Geschichten, Nachtgeschichten* erzählt er von Außenseitern, die unverschuldet an den Rand gedrängt werden, von arrivierten Bürgern, die plötzlich ihre Sicherheit verlieren, von skurrilen Typen, deren Wünsche, Träume, Launen sich erst nach Sonnenuntergang entfalten.
256 Seiten, gebunden, ISBN 3-312-00220-6

Unter der Hintertreppe der Engel
Wortstücke und Notizen
Im fingierten Lexikon *Abratzky oder Die kleine Brockhütte* und in *Paraburi* zeigt sich Marti von seiner intellektuell-verspielten Seite: sprachlich voller Reiz und Spiellust, gedanklich voller Unberechenbarkeit und Klarheit. In *Zärtlichkeit und Schmerz* setzt sich Marti auf provozierende Weise mit unseren Gottesvorstellungen auseinander.
264 Seiten, gebunden, ISBN 3-312-00221-4

Turbulenzen und Träume
Tagebücher 1
Seit den frühen 70er Jahren wird für Marti das Tagebuch zu einer wichtigen, persönlich variierten Form: zu einer Übung im Wahrnehmen der Welt. In *Politisches Tagebuch* und *Unruhe und Ordnung* wendet sich Marti entschlossen politischen Entwicklungen zu. Ein heutiger Leser entdeckt hier überrascht zwei hervorragende Beispiele für «Frühwarnsystem-Literatur».
304 Seiten, gebunden, ISBN 3-312-00222-2

Die Hoffnung geht zu Fuß
Tagebücher 2
Kurt Marti ist ein Tagebuchschreiber von Rang. In *Tagebuch mit Bäumen* und *Högerland*, die zu Martis bekanntesten Werken gehören, gehen Literatur und Realität eine enge Verbindung ein. Beide Texte handeln vom Verhältnis Mensch und Natur; sie sind ein eindringliches Plädoyer für die Wiederentdeckung der Langsamkeit und einen schonenden Umgang mit der Natur.
272 Seiten, gebunden, ISBN 3-312-00223-0

Namenszug mit Mond
Gedichte
Kurt Marti gilt als bedeutender Lyriker. Er hat die konkrete Lyrik mit politischen Inhalten verbunden, die Mundartlyrik «an die Weltsprache der Poesie angeschlossen», die religiöse Lyrik auf herausfordernde Weise von kirchlichen Konventionen befreit, eine Liebeslyrik von großer Schönheit geschaffen.
320 Seiten, gebunden, ISBN 3-312-00224-9

Jeder Band auch einzeln erhältlich

Aktuelle Informationen, Dokumente über
Autorinnen und Autoren, Materialien zu Büchern:

Besuchen Sie uns auf Internet: www. naki.ch

Umschlag und typographische Gestaltung nach einem Konzept von Urs Stuber
Fotos: Peter Friedli, Eduard Rieben (Umschlagrückseite)
ISBN 3-312-00257-5